문학과지성 시인선 432

곡옥

김명수 시집

문학과지성사

문학과지성 시인선 432
곡옥

펴 낸 날 2013년 7월 31일

지 은 이 김명수
펴 낸 이 주일우
펴 낸 곳 ㈜문학과지성사

등록번호 제1993-000098호
주   소 121-840 서울 마포구 서교동 395-2
전   화 02)338-7224
팩   스 02)323-4180(편집) 02)338-7221(영업)
전자우편 moonji@moonji.com
홈페이지 www.moonji.com

ⓒ 김명수, 2013. Printed in Seoul, Korea

ISBN 978-89-320-2424-0

문학과지성 시인선 432

곡옥

김명수

2013

시인의 말

조선(祖先)들의 건축은
고요롭고 광대하여
나는 스스로
공물(供物)이고 헌작(獻酌)이니

그 어느 명광(明光)에 젖어들었나!

길섶에 피어 있는 밝은 꽃들은
멀고도 가까이 한결같아서
밝고, 밝히고, 갖추고, 깨끗하여
멀고 가까운 곳 매양 한가지

그림자조차 없을 네 그림자
빛과 세월에 함께 어렸다

2013년 여름
김명수

곡옥

차례

시인의 말

1부

곡옥

갈고 갈아서 갸름한 곡선
맑고 맑아서 어리는 속살
금관은 아니지만
금관의 한 일부
저마다의 별들은
밤하늘 아니지만
밤하늘에 별들 있어
반짝이듯이
찬란함은 아니지만
찬란함의 한 일부
찬란함에 깃든
별들의 적요
영락에 스미는 무언의 환유
존재와 부재의 그 외로움
네 가슴에 어려오는
고요한 슬픔

축생

피어나는 꽃들이, 꽃들의 향기가
축생이 되었다

내게 봄이 있었으니, 그 봄날도 봄볕도
축생이 되었다

어머니가 내게 말씀하셨다
너는 5월에 소로 화했다

네가 남긴 따스한 음성
따사로운 감정도 피어나는 꽃이다

5월에 나는 소로 변했다
꽃들과 향기가 땅에 묻혔다

나무들의 양식

나무가 먹고 있는 밥을 보았다
몹시 조악한 악식(惡食)이었다
스산한 늦은 저녁이었다
메마른 바람이 불고 있었다
길 잃은 철새가
성긴 가지에 앉아 있었다
나무의 밥과 인간의 밥은
본래 하나
나무와 인간은
같은 밥을 먹었지만
내 밥은 그에 비해 푸짐했었다

나무의 밥상에는 나무들뿐이었고
인간의 밥상에는 인간들뿐이었다

낙과

달려 있는 열매와 떨어진 낙과 사이
무심(無心) 흐른다
가지와 바닥 사이
머무는 평정

열매들은 모두에게 한 번의 일생

시간과 자연은 무방하다지만
바람은 이따금씩 태풍이 되고
푸른빛에 붉은빛이 희미하게 지나갔다
아직 못다 익은 과피의 흔적

낙과는 떨어져도
나무 아래 떨어진다

비바람 흔적 찾을 길 없다
낙과가 스스로 비바람이거늘

우리는 환영(幻影)을 보지 못했다
—다시 축생에 부쳐

초승달처럼 솟았다
새벽별처럼 솟았다
숯불처럼 일렁이었다
촛불처럼 솟았다
폭풍처럼 솟았다
거만하게 솟았다
슬픔처럼 솟았다
일출처럼 솟았다
열기처럼 솟았다
침묵처럼 솟았다
저음처럼 솟았다
만월처럼 솟았다
울부짖지 않았다
거품처럼 솟았다
인간들 옆에 솟았다
그리고 일시에 잦아들었다
정적이 깃든 벌판의 겨울밤

우리는 환영을 보지 못했다

묘지에서

그 어느 명광(明光)에 젖어들었나!

조선(祖先)들의 건축은
고요롭고 광대하여
나는 스스로
공물(供物)이고 헌작(獻酌)이니

가을은 또한 전부여서
가을은 저녁이고
가을은 한낮이고
아침이어서
미래는 오늘이요
오늘은 내일이다

그 어느 길이 밝아졌느냐?

길섶에 피어 있는 밝은 꽃들은
멀고도 가까이 한결같아서

밝고, 밝히고, 갖추고, 깨끗하여
멀고 가까운 곳 매양 한가지

그림자조차 없을 네 그림자
빛과 세월에 함께 어렸다

우수

눈 녹은 우수(雨水) 날
외출에서 돌아오는 골목 안
야트막한 북향집
대문은 빼꼼 열려 있고
응달진 마당 구석
아직도 덜 녹은
때에 절은 눈 더미가
쌓여 있는데
겨우내 묶여 있던
수척한 개 한 마리
목줄 묶인 채 대문턱에 나앉았다

눈에 회백 내려앉은
눈굽 아래 두 줄
절은 듯
적갈색, 눈곱 눈물줄기 흔적

본래 흰빛일

때에 절은 털빛은 희읍스레한데
파리하고 여윈 그 개
지나치는 나를 보고
꼬리를 사린다

돌아와 불 끈 잠자리에서
응달에 묶여 있는
그 개와 더불어
결핍과 격리 속
또 다른 생명들
영어(囹圄)의 생명들도
우수(憂愁)의 그림자를
겹쳐 보인다

노굿 일어, 희미한 노굿 일어

열매는 다만 모래알 같고
어린 새 메마른 눈물 같다

갈퀴덩굴 한삼덩굴
얼크러진 벌판
노굿 일어 희미한
새콩 줄기 노굿 일어

여름 가고 다시 벌판

눈여겨 당신도 보지 않고
눈여겨 당신도 거두지 않고

새콩 줄기 끝매듭에
맺힌 열매
땅속에도 감춰 지닌
여분의 열매

지닌 것 오직 이것이오니
누리에 바치는 가녀린 공양
누리와 하나 되는 가녀린 숨결

실솔(蟋蟀)

실솔
실솔
실솔

귀뚜라미보다는
실솔입니다

실솔
실솔······

잦아질 듯 희미한
가녀린 소리

한 표의문자에
귀 기울이는

아득한 저 끝
한 소실점

20

걸어온 길
다가갈 길
하나가 되는

아슴푸레 희미한
저 소실점

거미발

거미는 거미
거미줄은 거미줄

거미발은 진주, 비취
그리고 수정, 벽옥

받들어 품어 감싼
영원한 헌신(獻身)

소리 없이 타오르는
묵언(默言)의 정열

거미는 거미
거미집은 거미집

거미발은 마침내
진주와 하나

비취와 수정과
벽옥과 하나

사랑의 모습은
이러한 것

마침내 진주와
하나가 되는

모든 모정(慕情)의
타오르는 불꽃

새로 산 여름 모자

어둠 속에 촛불 하나 타고 있다
촛불 둘레는 밝고 환하다
촛불 둘레 너머
불빛은 멀수록 흐려지고 희미하다
촛불 불빛이 가물대는 저 끝
촛불 불빛이 잦아드는 저 끝
밝음과 희미함의 그 경계
촛불이 잦아지는 그 경계
누가 서 있다
거기 내 그림자
새로 산 여름 모자를 쓰고 서 있다

구름

나무와 물고기와 새가 있었지
풀잎과 풀벌레와 사람도 있었지
나무에게 나무의 아버지가 있었고
나무의 자식도 있었지
물고기에게 물고기의 아버지가 있었고
자식이 있었지
사람도 사람의 조상이 있었지
자손도 있었지

가을 구름 새털구름 드높은 구름
들길 어느 구비 발걸음 멈춰
우러러 한동안 하늘 보다가
나무 보고 새 보고
연못 속 고기 보고
내 곁을 스쳐 가는 내 모습도 보았지요

지상의 거처
—— 울산의 시우(詩友)들

구름 거느린 가지산 신불산
간월산 함월산
푸르른 봉우리
그 푸름 청천으로 이어져 있어
산과 하늘 경계 없어라
부처의 눈길이사 자비로워서
만 사람의 모습에 모아졌느니
산속에 감추어진
울주의 가람
우리의 염원도 이와 같다면
지상과 천상을 함께 품으리
벗이여 오르자
사자평 십 리
석남사 석간수에 목을 축이고
목숨이사 한 줄기 억새로 피어
한 시절 바람 속에 흔들리느니
벗이여 시름일랑 구름에 얹고
망양한 발아래 동해를 보자

시인의 꿈은 어디 머물리
더불어 함께 이룰 우리의 삶
발 디딘 그곳이 우리의 꿈
울산은 내 벗이 살고 있는 땅
한평생 못 만난 벗이 사는 땅

고라니

고라니는 눈이 맑다
피 흘리고 쓰러져도
눈을 감지 않았다

빛 앞에선 언제나
눈이 부셨다

쏟아지던 불빛 앞에
허둥거렸다

중부내륙고속도로

심야에도 차들은
쏜살같이 달린다

나를 보는
고라니의 슬픈 눈

당신의 이

당신은 당신의 이를 볼 수 있나요?
당신의 눈은 당신의 잇몸에 나 있는 이를 볼 수 없
답니다
이가 빠지기 전에는
그래서 손 위에 아말감으로 봉을 때운, 빠진 이를
올려놓고
보기 전에는
그렇기 때문에
거울을 통해 당신의 이를 보십시오
허연 거품을 물고 있는 이
칫솔에 닦이는 이
한밤중 혼자
잠자리에 들기 전 화장실 형광등 불빛 아래 거울로
당신은 당신의 이를 볼 수 있습니다

이를 통해서 아무것도 떠올리지 마십시오
배고픔도 욕망도 허기도 떠올리지 마십시오
이를 통해서 아무것도 떠올리지 마십시오

허연 거품을 물고 있는 이
칫솔에 닦이는 이
그 이를 통해
이의 운명
이의 절망
이의 반사적 저작
이의 무의미를 생각하지 마십시오
목적을 위한 돌봄
즉, 씹기 위해 행하는 타성적, 상습적 닦음
그 수동성
혹은 대열을 지어 팔을 높이 쳐들며
행진을 하는 제복 입은 사람들을 떠올리지 마십시오
구호를 외치는 사람들을 떠올리지 마십시오
전철을 타는, 출근을 하는 말 없는 사람들
수천수만의 발에 밟히는 보도블록
차들이 달리는 대로 가에 나란히 서 있는 가로수
혹시 이가 당신 자신이 아닐까 생각하지 마십시오

참, 내가 옛날에 쓴 수필 중에 이런 대목이 있었습
니다

〈……버스에서 내려 집으로 올 때 과일가게 앞을
지나치게 됩니다. 그중에도 내 시선을 끄는 것은 수
박입니다. 비닐하우스 덕택일까요, 조기재배 기술의
발달 탓일까요. 큼지막한 수박들이 어느새 가게 맨
앞 진열대에 놓여 있습니다. 아직 값이 비싸 잘 사가
지 않는 모양인지 꼭지가 마를까 봐 흰 종이를 감아
놓은 것도 보입니다.

그런데 문득 맨 앞줄에 놓여 있는 수박 중에 칼로
속을 세모로 도려낸, 속살이 빨갛게 보이는 수박이
눈에 띕니다. 다른 수박은 다 껍질에 파랗게 줄이 쳐
진 수박인데 저 수박은 왜 제 빨간 속살을 아프게 누
구에게 보여주고 있어야 할까요.

아직 철이 좀 이른지라 속이 익지 않았을까, 사람
들이 사가지 않을까 봐 주인이 속살을 칼로 도려내
앞줄에 두었을 저 수박……〉

당신은 이를 통해 그 세모로 도려내 빨간 속살을
드러내 보이는 수박도 떠올리지 마십시오

당신은 당신의 이를 볼 수 있습니까?
당신은 당신의 잇몸에 나 있는 이를 볼 수 없습니다
눈을 내리 깔아도
바로 눈 밑의 이를 볼 수 없습니다
입술은 볼 수 있겠지요
입술을 내밀면 말입니다
눈으로 입술은 볼 수 있겠지요
그러나 당신의 눈은 당신의 이를 볼 수 없습니다
그러니까 한밤중
혼자서 거울을 통해
칫솔에 닦이는 이를 보세요
허연 거품을 물고 있는 말 없는 이
이를 보세요
당신이 당신 보듯

그냥 이를 보세요, 혼자서
보면 보이는
그 이를 보세요
내 이

내 오래도록 오르내리는 산길 중턱에

내 오래도록 오르내리는 산길 중턱에
튼실한 아름드리 참나무가 두어 그루 서 있다오
어느 때는 가끔, 가쁜 숨 가라앉혀
나무 곁에 다가가 가만히 걸음 멈춰
두 팔로 나무를 감싸 안아보지요
그리고 부드러운 나무들의 숨소리에 귀를 기울인
다오
아마도 그런 날은 쓸쓸한 날이거나 우울한 날일 게요
또한 그런 날은 가망 없는 기대가
우리를 실망케 한 날일지도 모릅니다
내가 나무를 안아보면
한자리에 뿌리 내린 아름드리 참나무는
언제나 변함없이 묵묵하지만
그러나 나는 이따금 느낀다오
마치 우리가 철없던 어린 날 엉뚱한 잘못으로
부모님께 꾸중을 듣고 혼이 났을 때
근엄하면서도 자애롭던, 그리고 언제나
말수가 적으시던 백부나 조부님이

조용히 우리 곁에 다가와 우리 등을 감싸주던 그때
그 순간처럼
내가 나무를 안는 것이 아니라 나무가 나를 안아주
는 것이라고
그 순간 나는 알 수 없는 평온함을 느끼면서
나무와 내가 한몸이 되는 순간을 맛본다오
그리하여 나는 꽃피는 봄날, 혹은 가을날
비록 우리네 하루가 덧없이 속절없이 흘러갈지라도
나도 또한 든든한 아름드리나무들로 인하여
새로운 힘을 얻어 세간의 도시로 발걸음을 돌린다오

2부

서풍에게

전쟁이 끝나고
전쟁이 죽어버린 병사에게 물었다
"슬프구나! 너는 왜 죽었니?"

담장 높이 둘러쳐진 철조망 감옥이
쇠사슬에 묶여 있는 수인에게 묻는다
"가련쿠나! 너는 왜 쇠사슬에 묶여 있나?"

허공에 서풍이 흐르고
묘지에 들꽃 피어 있고
묘비에 햇살이 내린다

태양의 암흑

태양이 만든 암흑
태양은 눈동자를 실명시킨다
스스로 빛이라고 말하는 사람들이
하늘에 또 하나의 해를 만든다
그 해는 무섭다
찾아야 하리
캄캄한 어둠으로
한 줄기 밝은 빛을 찾아야 하리
두려워하라!
너무나 밝은 빛
인류는 넓은 벌판으로 발걸음을 옮긴다

후계자

처음엔 희미한 반짝임
그러나 따스한 온기를 지녔다
꽃들이 저물어
대지가 두 손으로 감싸 안을 때
영글고 영글어 까만 씨앗 지닐 때

미풍과 햇살에게
축복을 전해주자
별빛과 아지랑이
풀포기와 나무들!
지저귀는 새들에게
축복을 전해주자
이들은 모두모두 향기로운 후계자

암흑이 암흑의 후계자라 하지만
밀폐가 밀폐의 후계자라 하지만

눈부신 빛깔들의 찬란한 후계자

불행

당신은
한 사람
한 사람만을
사랑하네
그것이 당신의 기쁨이고 자랑이다

당신은
한 송이
한 송이 꽃에서만
향기를 맡는다
그것이 당신의 기쁨이고 자랑이다

사랑하는 존재들이
적은 것은 비극이다
한 송이 꽃에서만
향기를 맡는 것은
안타까운 불행이다

들판으로 나가라!
문밖으로 나가라!
사랑스런 얼굴들이 당신을 기다린다
향기로운 꽃들이 지천으로 피어 있다

들판은 문밖이다
좁은 문을 열고
밖으로 나가면
들판은 펼쳐진다
돌멩이 하나에도 향기는 피어난다

기쁨을 자랑을 온전하게 간직하라
자물쇠 안에서 당신은 불행이다

자유

너는 새잎 피는 나뭇가지
나는 눈부신 봄날
너는 익어가는 붉은 열매
나는 드높은 가을 하늘
너는 기적을 울리며 달려가는 기관차
나는 대륙으로 이어진 철로

너는 위대한 예언
나는 내일 그리고 미래
다시 너는
씨줄과 날줄로 짜여진 아홉 새 무명 피륙
나는 수공의 어머니가 짜는 베틀
나는 숨 쉬는 공기
너는 자유
수갑과 채찍과 동상(銅像)을 거부하는
그 자유

너는 또 갈망

나는 묻어버린 망령이 다시 살아나
벌판에서 일어서 싸우는 오늘
익숙하고 비근한 예로
저 동상으로부터 족쇄로부터
피와 땀과 눈물로 얻어낸 횃불
너는 너
나는 나
너는 끝내 꽃눈 맺힌 나뭇가지
나는 화사한 5월
너와 나는 그러나 마침내 하나!

그 거울을 보자

그가 제 얼굴을 거울에 비추자
제 얼굴이 사라졌다
그는 당황했고 거울을 닦아봤다
그래도 제 얼굴이 비치지 않았다
"거울이 이상하군!"
"거울이 이상해!"
그는 거울을 탓했다
거울을 뒤흔들고
거울을 뒤집었다
거울 뒤도 살폈다
앞뒤 쪽에 아무 탈도 없었다
여기까진 흔하다
흔하디흔한 동화 같은 이야기!

다만 이 글이 굳이
시 한 편이 되기 위해서는
이른바 얼굴이 없어진 그 자신이
어느새 스스로

거울이 되었다는 사실을
더 적어야 하겠지만……

아스피린

아침에 잠을 깬다
스멀거리는 안개 정적
피비린내 나는 꿈속에서
린치를 당하던 기억

인형들의 시

인형에게 눈이 있다
인형에게 입이 있다
혀가 입속에 감춰지기 전
오른발 왼발로 걸어 다녔다
숨 쉬고 말하고 쓰다듬었다
인형이 아직 인형이 아닐 때

인형들이 반란을 일으키기 전
무기는 침묵이다
침묵은 시의 무기
침묵은 마침내 입을 만든다
인형들이 마침내 노래하리라
인형들의 노래를
나도 따라 부르리라
인형들이 쓰는 시를
나는 읽고 암송한다
그들이 쓰는 시가
나의 시가 되었다

배는 물에서 난파되고

친숙한 것은
두려운 것

손은 식칼을 쥐고 있고
손가락은 부엌에서
식칼에 잘린다

불안하다 비둘기는
뿌려주는
모이가 불안하다

날개는 모이로
뿌려주는 모이로
꺾이고
부러진다

배는 물에 뜨고
물에서 난파된다

친숙한 것은
불안한 것

눈은 광명에 흐려지고
귀는 소리에 멀고
혀는 언제나 이빨에
깨물린다

당신은 또 이렇게 말하지요

열쇠 대신 족쇄
피멍 든 상처에 채찍!
슬픔 대신 너털웃음 웃으며
여기 이곳 번쩍이는 네온사인
고기 굽는 연기 자욱한 거리
차들이 밀리는 도심 뒷골목
어지러운 광고판 불빛 아래서
저 북녘 땅 빙설의 역두
거적 속에 쓰러진 북녘 소년들
열두 살 열네 살 어린 소녀들
터진 맨발, 찢어진 바지 처마저고리
핏기 잃은 퀭한 눈동자
떠오르지 않는가?
떠오르지 않는다면
여기 이곳 번쩍이는 네온사인
마취와 쾌락과 방일 속에서
우리들의 너털웃음
비틀걸음 속에서

당신은 또 이렇게 말하지요
예컨대, 예컨대 이런 것입니다
열쇠 대신 자물쇠, 혹은 수갑
피멍 든 상처에 채찍!
슬픔 대신 너털웃음 흘리며

운석(隕石)

멀다!

더불어 반짝이던 저 밤하늘

지구에 떨어진

싸늘한 심장 하나

그렇게

꽃은 여러 송이이면서도 한 송이
한 송이이면서도 여러 송이
나무도 여러 그루이면서도 한 그루
한 그루이면서도 여러 그루
내가 너에게 다가가는 모습
한결같이
네가 나에게 다가오는 모습
한결같이
향기와 푸름과
영원함은 그렇게
꽃은 여러 송이이면서도 한 송이
한 송이이면서도 여러 송이
나무도 여러 그루이면서도 한 그루
한 그루이면서도 여러 그루

소나무와 잣나무 들

늦가을 산속은 이미 겨울이다
골짜기는 벌써 얼음이 깔렸고
응달에도 어느새 눈이 쌓였다

숲길에는 소나무와 잣나무가 자옥했다
여타의 나무들은 이파리를 벗었다

그 길을 일행 없이 홀로 걸었다

"다음에도 우리는 소나무와 잣나물까?"

착각인 듯 뒤쪽에서 목소리가 들려왔다
돌아보니 소나무와 잣나무 일색이다

이파리는 푸릇푸릇 푸른빛을 띠었고
두 종류의 나무들은
남남인 듯 이웃인 듯
무연하게 서 있었다

"다음에도 우리는 소나무와 잣나물까?"

다시 또 둘러봐도 소나무와 잣나문데
소나무는 잣나무는 푸른빛이 형벌인 듯
이승의 시간 속에 적막하고 적요하다

새잎들 사이에서

새잎들이 한층 푸름을 더해가는
숲길에 접어들면
나 또한 어느새 푸름이 되어간다

누더기 영혼도 신록은 너그러이
껴안아주는 걸까?

도시를 한번 되돌아본다
도시는 이때 객관적이다

새잎들이 한층 푸름을 더해갈 때
나 또한 어느새 푸름이 되어갈 때
헐벗은 육신도 신록이 너그러이 껴안아줄 때

저 멀리 도시는
발아래의 도시는
나와 함께 이윽고 푸르러지기를

물안개

바지를 벗어 말아 머리에 얹고
깜장고무신 같이 싸
함께 얹고
여울로 할매와 손잡고 건넜다
토채비가 나온다는 합수목에도
잉어가 철썩 뛰는 용머리 소에도
이른 아침 물안개는 자욱이 피고
종아리에 물살이 살랑거렸다
어디로 가던 날이었던가?
기억은 희미하다
일곱 살 나던 봄날
이른 아침에
얕은 여울 건너서 다시 바지 입고
젖은 발에 고무신 다시 신고
돌자갈 강변 건너 신작로 따라
강물 따라 삼십 리 읍내까지 걸어
옥양목 할매 적삼 새물내 내음
얕은 여울 흐르던 여울물 소리
발목에 감기던 뒷냇물 소리

또, 강물

조상들의 숨소리 들렸다
어디로 가고 있니
하고 물었다

내가 물속을
바라보자
조상들이 강물에 있었다

내가 강물에 몸을 담글 때
조상들이 내 몸을
씻겨주었다

나와 함께 조상들이
거기 있었다

모래들이 운다
온몸으로, 온몸으로
모래들이 숨을 쉰다
모래들이 운다

태양이 나에게 그림자를 주었다

그래 아이야 너는 물었다

태양이 그늘이 있나요?
그림자가 있나요?
황혼은 태양의 휴식이고
안개는 바다의 그림자일까요?

그래 아이야
영원히 불타는 눈부신 광채
작열하는 태양은 그림자가 없구나

태양이 나에게 그림자를 주었다
수평선이 나에게 안개를 주었다

3부

빙어

높푸른 하늘이
언제인지 모른다
지금은 다만 찬 호수 세상
파닥이는 실파람
가는 실파람
두터운 얼음장이 바깥을 닫았다

종달새였으리
제비였으리
아마도 날렵한 날개였으리
투명한 하늘이 고향이었으니
온몸에 마알간 하늘이 스며
가녀린 온몸에 하늘이 스며

스스로 얼음이 되지 않았다
빙어는 혹한에도 얼지 않았다

2월 저녁
―고난 속에 굶주리는 북녘 겨레 떠올리며

진달래
피면 3월인데
오늘은 또 눈이 오네
추운 2월 저녁
눈 끝에 또 바람도 부네
혼자 서늘한 거실에서
뉴스를 보다가
문득 먼 산
3월이면 피어나는
진달래 생각했네
지금쯤 진달래
가느다란 살빛 줄기
꽃눈 맺혀 홀로 품고
바람에 흔들리고
눈 맞고 서 있으리
봄이면 피어나는
겨레의 꽃 진달래
껍질 속 파란 속살

홀로 지닌 그 푸름
나는 문득 떠올리네

대변

무엇을 받고
무엇을 버렸나?
애써 간직함 무엇이고
애써 버린 것 무엇인가?
관자놀이 붉은 힘줄
그 옛날
덧없이 쓸쓸했다
무엇이 오고 가고
무엇이 남았는가?
언제나 미심쩍은
한 생애 의문이니
그렇다
대변이다
대변은 이토록
어렵고 난해하다
크게 버렸나?
많이 남았나?
목메어 받고

힘들게

손쉽게 버렸나?

새재 옛길

옛길도 주막도 등짐도 없다
구리솥 걸어놓고 동자하던 길손들
끄름 묻은 돌멩이 흔적 없다
제기차기 내 옛날, 비석치기 내 옛날,
방무지 하던 내 옛날
모둠 하던 누님들의 동짓달
다 어디 가버렸나?
대낮에도 컴컴한 험한 바윗길
노끈 망태 나귀 패랭이 짚신도 없다

——가노 가노 언제 가노
열두 고개 언제 가노

시그라기 우는 고개
내 고개를 언제 가노——

한양도 삼남도 간곳없이 사라지고
사스래나무 물박달나무 뿌리 뽑혀 사라지고

한숨 없고, 한숨 섞인 노랫가락 사라졌다

구비 구비 감돌던 새재 옛길 어디던가?
오늘은 면례 이후
첫시사 지내려
일흔 살도 넘은 형님 자동차를 운전하고
보이는 건 다만 뻥 뚫린 죽령 터널
쏜살같이 달리는 자동차들 자동차들
경련하듯 떨리는
속도계에 찍히는 시속 백사십 킬로
시속 백오십 킬로

목련 핀 봄날

밝은 대낮에 저
징 소리
징, 징, 징 소리
목련 핀 봄날
다가구 주택 지하 만신집
만수향내 새어 나는
卍 자 표 붙은 곳
무슨 우환
무슨 고통
저렇게 있어
만신 찾아 굿 올리나
굿하는 사람

사람 살이 뜻밖에
불행 오고, 고난 오고
사람 힘
감당키 어려운
아픔 닥쳐
만신집 찾아와

굿을 올리고

밝은 대낮에 저
징 소리
징, 징, 징 소리
목련 핀 봄날
이웃과 담쌓고 사는 우리
이웃의 슬픔, 아픔
알지 못하고

뿌연 하늘
뿌연 구름
목련 핀 봄날
다가구 주택 지하 만신집
지붕 위에 어리는
뿌연 안개
징, 징, 징 소리
목련 핀 봄날

아지랑이

어쩌다가
귀가 쩡
한쪽 귀가 막힌다

공복인가?
아니다
꽃이 진다

벚꽃은 흩날린다
저 흰나비

나비 날아간
봄날 허공

아지랑이, 아지랑이
봄날 아지랑이

머나먼 유성(遊星)에
머물던 그날

들국화가 피었다

들국화가 피었다
내 가슴에 피었다
어제 피었다
오늘 피었다
봄에 피고
여름에 피었다
가을에 피었다
겨울에 피었다
들국화는 핀다
언제나 핀다
내가 슬플 때
내가 기쁠 때
울고 싶을 때
너는, 너는
아득히
멀리 있을 때

뼈새

한밤중 잠이 들 때
어렴풋이 이따금 들리는 소리

열린 문이 바람에
삐거덕거리는 소린 줄 알았다

어떨 땐 가까이 들리다가
어떨 땐 멀리 들린다

내가 내 몸을 몹시
혹사한 날 들었다

내 뼈마디 소린가?
아니다
무엇이 분명히 날아가는 소리다

무엇이
내 뼈에서 날아가는 것일까?

어디로 무엇이 날아가는 것일까?

새이리라
난 그걸 새라고 믿는다

한밤중 잠이 들 때
어렴풋이 들리는 소리
난 그걸 뼈새라고 생각했다

내가 내 뼈를 볼 수 없듯
고단한 내 뼈를
내 몸에 숨은 뼈를 볼 수 없듯

밤에 우는
보이지 않는 저 새를
뼈새라고 믿는다

네 돌창은 어디 갔을까?

강원도 양양군 낙산사 바닷가
남대천이 흘러드는
낙산대교 인근에서
늦여름 한 닷새 피서철을 보냈다

일행들은 모두 낚싯배를
나눠 타고 앞바다로 나갔고
낚시가 시들해진 나만 혼자 떨어져
차양 아래 나와 앉아 뭉게구름 흐르는
파도 자는 수평선을 바라보는데

석양 무렵 웬
키 큰 그림자 하나가
내 등 뒤로 다가섰다
무심결에 돌아보니
털북숭이 사내였다

허리가 구부정한 반 나신의 그 사내는

몇 발자국 떨어져서
물끄러미 나를 보고 표정조차 없었는데
눈여겨 바라보니
털북숭이 그 사내는
아득한 저 먼 날
머나먼 저 먼 날
선사시대의 사내였다

놀란 마음 감추며
옆을 또 살펴보니
저쪽 갯가에도
허리에 풀줄기로 엮어 만든
구럭을 둘러차고
먼 도로의 피서철 인파도
자동차 행렬도 본체만체
무심히 조개를 줍는 아낙이 있었다

꿈이었나, 석양 무렵

키 큰 포플러 그림자처럼
내 곁에 다가선
털북숭이 그 사내는
나와 서로 몇 발자국 떨어진 간격을
줄이지 않은 채
나를 보고 몇 마디
무슨 말을 웅얼거렸는데
나는 그의 말을 알아듣지 못했다

그는 나에게 돌창으로 잡은
팔뚝만 한 숭어 몇 마리를 건네주고
이내 제 아낙과 더불어
오산리* 움집으로 사라져버렸다

그때 하늘에 흰 구름이
흘러갔고
건너편 설악에
엷은 노을이 덮어왔는데

제집으로 돌아가는 그들의 뒷모습은
지극히 온순했고
평화로웠다

이튿날 짐을 거둬
돌아오는 상경길
차들이 밀리는 숨 막히는 잡답 속에
털북숭이 그 사내는
아스라이 기억에서 사라졌지만

그러나 때로는
황량한 도시의 풍경 속에도
하늘에 흰 구름이
떠갈 때가 있어

그때 그 털북숭이 사내는
홀연히 다시금 나를 찾아온다네

풀 구럭을 둘러찬 조개 줍던 아낙네와
내 곁으로 다가와 물어본다네

"네 돌창은 어디 갔을까?"
"조개 줍던 네 구럭은 어디 갔을까?"

* 오산리: 강원도 양양군 남대천 기슭의, 선사시대 유적지가 있는
  마을.

백합

백합은 여름에 핀다
백합은 여름날
습기 머금은 날 봉우리 열어준다
백합꽃 향기는
여름날 습기 아래
아득히 퍼진다
백합꽃 곁을 스쳐 가는 사람마다
가슴에 향기를 품고 간다
어떤 이는 가슴에 진초록
호반새를 안고 가고
어떤 이는 남쪽바다
햇살을 품고 가고
어떤 이는 어렸을 적
미루나무 줄지어 선
신작로를 달려가던
자전거를 가슴에
소중히 품고 간다

그들이 누구인지 묻지 않는다면

사망자 명단이 거리에 나붙었다
실종자 명단도 함께 나붙었다
한 무리 인간들이 발걸음을 멈추고
그들이 제 이름을 명단에서 찾는다

산 자들의 명단이 거리에 나붙었다
남은 자의 명단도 함께 나붙었다
한 무리 인간들이 발걸음을 멈추고
그들이 제 이름을 명단에서 찾는다

떨어지는 빗방울에 핏방울이 스민다
피 묻은 꽃들이 피어나려 한다
좋은 씨앗이 그들에게 있었다
좋은 약속도 그들에게 있었다

그들이 누구인지 묻지 않는다면
        그들이 누구인지
            알 수 없다

다시 들국화에 부쳐

내 마음 다다를 곳 어디 있다면
가을볕 외진 언덕 어느 산자락
들국화 고요히 피는 산자락
그 꽃 홀로 피어나 향기 지니고
그 꽃 홀로 제 향기 지니지 않고
청명도 향기도 서로 물드는
내 마음 다다를 곳 어디 있다면

솜틀집

늙은 남자가 네모진 솜틀기계
발판을 밟았다
뽀얀 먼지가 피어나고 있었다
이따금씩 그 아내가
활체로 뭉친 솜을 타기도 했다
수건 쓴 머리에도
얼굴에도, 눈썹에도
솜먼지는 뽀얗게 내려앉았다
오십 년 전 충청도
어렸던 시절
하학 길 집에 올 때
제천읍 서부동 길가에 있던
이불솜을 타주던 오랜 솜틀집

반백 년 시간이 자옥이 흘렀다
누가 긴 활체로
나를 타고 있는 걸까
솜가루의 시간이

솜먼지의 시간이 내게도 흘러갔다

바깥은 지금 혹한
영하 십오 도
눈보라 몰아치며 살을 에는 깊은 겨울
지금은 솜틀집이 떠오르는 시간
춥고 시린 네 가슴도 떠오르는 시간
켜켜이 포개진 포근한 목화솜
이불솜을 타주던 오랜 솜틀집

푸나무 관목에게 바치는 송가

옛날 내가 어리고 어렸을 적
예닐곱 살까지 살았던 고향 마을
우리 천수답, 봉답 있던
뒷골 가는 길
산비탈에 서 있던 졸참나무 떨기나무
개암나무 관목들

우리 할아버지 할머니 아저씨들
한평생 논밭 오가며
지나치실 때
눈길 마주쳤던 그런 나무들

이 땅 어느 곳
산이면 산자락에 저절로 나서
나무라고 하자면 나무이기도 하지만
보면 보이고 안 보면 안 보이는
있는 듯 없는 듯한
그런 나무들

그러나 그 나무들
어쩌면 시름 많은
우리 고향 할아버지 할머니 아저씨들
한세상 사시며
철따라 피어나는 새잎들과 더불어
이웃인 듯 동무인 듯
또는 그저 나무인 듯
서로 무심결에
눈길 마주치며
알 수 없는 이야기도
주고받던 나무들

그 나무들 사시사철
그 자리에 서서
때로는 땔거리 푸나무로
베이기도 하면서
해 뜨는 아침이나

해 지는 저녁 무렵
꽃 피면 꽃 피고
잎 지면 잎 지면서
어느 때는 봄이 되어
봄을 알리고
어느 때는 가을 되어
가을 알리며
고향 산언덕을 이루었던 나무들

오늘 도시 벗어나
도시 변두리 산길에 와서
나에게도 새삼스레 눈에 뜨이는
나에게도 유정하게 말 걸어주는

오래 있어라
푸나무 서리
청미래 산닥나무 싸리나무 관목들
도시 변두리 여기 이 산길

산 아래는 자동차 길 새로 뻗었고
차들은 세차게 달려가는데
다만 나 오늘
정겨운 눈빛으로
새로 피는 푸나무 잎들 쓰다듬어볼 뿐

키 큰 소나무 참나무 아까시나무 들 사이에서
너무 낯익어 낯선 나무들
뉘 보듯 안 보듯
나지막이 서서
나무 나무 한 그루가
고향인 나무
나무마다 고향인 푸나무 서리

산기슭에 태어난 내 조상도
어느새 푸나무 서리였으리니
언젠가 먼 옛날
나 또한 산기슭에

한 그루 나무
오래 있어라!
푸나무 서리
있는 듯 없는 듯
여기 오래 있어라!

4부

봄날 오전

배추벌레 무덤은 배추밭

배추벌레 요람은 배추밭

나비 한 마리 날아간다

햇살 잔조로운 봄날 오전

그림자

어둠 속에 눈 감으면
밀려드는 별들
감은 눈에 밀려드는
별들, 별들
명멸하고 생성하는
수많은 별들
떠오르고 흘러가는
아! 별들
감은 눈에 밀려오는
아득한 우주

빛 앞에 눈 감으면
피어나는 꽃들
감은 눈에 피어나는
꽃들, 꽃들
영화하고 화육하는
수많은 꽃들
벙글고 만개하는

아! 꽃들
감은 눈에 밀려오는
찬란한 홍채(紅彩)

별들과 꽃들 사이
멀고 먼 찰나
가뭇없이 사라지는
빈 그림자
아득하고
아득한 빈 그림자

나안(裸眼)

입 없는 항문 보고 놀라 입을 벌리고

항문 없는 입 보고 입을 다문다

해바라기

너는 스스로,
스스로 누구인지 묻지 않았다

너는 어디로 흘러갈 것인가

아주 오래전에 서 있던 것처럼
방금 새로 서 있는 것처럼

긴 장마 끝내고
저 홀로 빈터

불현듯 해바라기
나에게 피어 있다

찬란한 한 문명(文明)을
생각합니다

초파리들 초파일

아지랑이 같았다
구름 같았다
초파리 떼였다
날파리 떼였다
가람이 온통 붕붕거렸다
대웅전이 하늘로 떠오르고 있었다
성전이 하늘로 솟구치고 있었다
그들의 일필휘지
부처의 얼굴에 단청을 올렸다
성상의 온몸에 황금칠을 올렸다
그밖에는 모두 개칠
부처가 갑자기 흥얼거렸다
성상이 갑자기 흥얼거렸다
갑자기 랩을 흥얼거렸다
랩의 내용은 알 수 없고
부모은중경이 사라지고
반야심경이 비산했다
주기도문이 증발했다

이윽고 초파리가 성전이 되었다가
이윽고 날파리가 대웅전이 되었다가
대웅전이 무너졌다
성전이 무너졌다
저녁이 다가오자
성소와 대웅전이
모두모두 무너졌다
아지랑이 같았다
구름 같았다

눈 오는 밤

"별아!"

우제류의 밤이었다

어미 소가 말했다
낳은 지 열흘 된
새끼 송아지
젖 빠는 제 새끼
송아지에게 말했다

"별아, 네 이름은 별이란다
네가 태어나던 열흘 전 밤하늘
혹한의 밤하늘에 별이 어렸다
내 눈에도 별빛이 어려 왔었다
쇠털 같은 세월이 흘러갔다
우리는 내일이면
알 수 없는 세상으로 돌아간단다
땅속 깊이 깊이 묻힌단다."

별은 땅속에 깊이 묻혔다
제 어미와 더불어 깊이 묻혔다

묻힌 자리에 이슬 내리고
묻힌 자리에 꽃이 피었다
밤하늘에 별들이 반짝거렸다

별과 꽃 들은 혈육이었다
영원한 영원한 혈육이었다

사륜마차

사륜마차다
열두 마리 돼지가 끌고 간다
황금빛 치장이 번쩍거린다
마차에는 누가 탔나
돼지비계를 좋아했지
눈알이 빨개졌다
돼지비계 먹고 그는 병이 났지
얼마 동안 참았다가
그는 다시 먹었지
돼지비계 먹었지
그는 말했지
돼지비계 없이는 못 사는 세상!
사륜마차다
사륜마차(死輪馬車)!
열두 마리 돼지가 끌고 간다
마차에는 누가 탔나
돼지들이 끄는 마차
마차에 누가 탔나

104

돼지들이 끌고 간다
그를 끌고 간다
돼지들은 말하지
사륜마차를 끌면서
돼지들이 말하지
너를 끌고 우리가 가지
너를 끌고 가는 것은 우리
우리로, 우리로 끌고 가지
돼지우리 속으로 너를 끌고 가지

당신이 달려갈 곳

다리는 쓸모없다
그곳을 통해 탈주할 수 없구나
수많은 인파로 다리가 부서졌다
헤엄칠 수 있는 자들
강물로 뛰어든다
숨 가쁘게 당신은 그곳을 떠나왔다
고개를 돌려보니 연기가 일고 있다
당신 곁에도
당신 앞에도
탈주자는 넘친다
그들은 모두 호흡이 거칠고
얼굴엔 땀범벅
무작정 걷자!
아내와 자식과
부모도 버려두고
걷지 말고 달리자!
달릴 수 있는 것은 행운이다
다리가 붙은 것은 다행이다

거친 목소리로 당신은 소리친다
당신이 달려갈 곳 화염 솟구치네

장미의 밤

만개된 장미

돌이킬 수 없는 밤
향기는 자정에
유독 짙으나

감춰진 꽃송이
모습 슬프다

찔레꽃도
별들도 숨은 깊은 밤
난만한 향기는
넘쳐흘러
금단의 창문으로 타고 넘는다

아, 장미
묘지의 꽃
난만한 꽃송이

슬픔의 꽃
스스로 내가 심은
슬픔의 꽃

네 피는 붉고 너무 검붉고
네 피는 뜨겁고 너무 불타고
밤조차 별조차
너로 인하여
상처를 입고
슬픔에 잠기네

우울한 목격담

허물 벗은 뱀이 허물 곁을 스쳐 갔다
허물 벗은 뱀에게는 허물이 없어졌다
허물을 벗고 나도 혀와 독이 남았다
허물 벗은 뱀에게 사족(蛇足)도 생겨났지
허물 벗은 뱀에게 허물이 소리쳤다
허물은 옛날의 뱀 껍질이었다

허물 벗은 사람이 사람 곁에 서 있다
이것은 우울한 내 목격담
우화 같은 이야기를 되뇌기 싫지만
또다시 되뇌는 내 목격담
수풀 속에 허물만 흐늘거렸다

편지

많은 사람들이 사막을 보았다

사막이, 사막을 보지 못한 나를 보고 있다

사막을 보지 못한 나도, 사막을 보고 있다

사막 위에 보랏빛 도라지꽃이 피어난다

사막의 모래 위에 하얀 새알 하나도 보인다

고향

천지에 폭풍우 잦아들고
하늘에 천둥 번개 스러진 뒤
별을 바라보는 나무가 있다
나무를 바라보는 별이 있다
순결한 아이들의 숨결 같은
우리의 고향은 거기 있으리!

돌 찾는 돌

돌을 보았소?

돌들의 마을에서

돌들이 물었소

돌, 돌들!

돌들이야 보았지요

돌, 돌들……

눈먼 돌이 있었소

검센 용(龍)의 날피가 묻은 돌

도둑의 발자국을 새긴 돌이 있었소

대문을 열어주는 돌이 있었소

초록 비를 맞는 돌

연기에 그슬린 돌

공중에 매달린 돌이 있었소

돌 속에 갇힌 고기

돌이 가둔 바다

작은 돌 옆에 큰 돌이 있었소

광채를 즐기는 돌

어인(御印)을 찍은 돌

어인이 새겨진 돌

날파리 한 마리를 그리워하고

척속(戚屬)들을 천대하는 돌

나무를 사촌 삼은 돌이 있었소

귀 없는 돌이 있었소

큰 돌 옆에 작은 돌

불을 내뿜는 돌

사생아를 낳은 돌

그 돌의 서방은 무지개돌이라고 들었소

척후(斥候)를 서는 돌도 있었소

천 년 동안 돌 하나를 기다리고 있는 돌

풀에게 애무를 받는 돌

나무 위에 나무를 심는 돌

없는 시간을 만드는 돌

없는 시간을 만드는 돌이 어떤 것이냐고요?

그 돌은 영원으로 들어가는 열쇠를 가졌소

없는 공간에서 송곳이라도 세우려는 돌이 있었소

남장한 돌

너털웃음을 웃는 돌
식은땀을 흘리는 돌
돌의 이마를 향해 쏜살같이 날아오는 돌
양성(兩性)을 가진 돌
배꼽이 없는 돌
그 돌의 에미도 배꼽이 없었소
핵무기를 먹는 돌
꽃 피는 봄날, 무색조(無色鳥)와 친한 돌
종이로 만든 돌이 보였지요
서로 서로 뭉치려는 돌이 있었소
피 묻은 돌
돌이 화석 된 돌
아! 돌이 화석 된 돌이 있었소
물돌이 있었소
그 물돌은 물 위에 뜨는 돌이었소
잉태하지 못하는 돌
퉁퉁증을 앓는 돌
위약금을 물은 돌

독작(獨酌)을 하는 돌
만석보(萬石譜)를 쓴 돌
허공에서 구름과 노니는 돌이 있었소
자갈 감옥에 자진해서 들어간 돌
자갈들은 그 돌을 자기들 자갈보다 더 크다는 이유로
닭장에 새로 들어온 닭을 닭장 안에 먼저 있던 닭들이
마구 쪼아대듯이 쪼았다고 하였소
모래사막을 횡단하는 고행을 취미로 여기는 돌
만리장성에 쌓인 돌들을 비웃는 돌
정분을 나눈 돌과
함께 모래가 되기 싫어하는 돌
구백 생멸(生滅)이 있는 찰나를 영겁(永劫)으로
섬기는 돌
짧은 것도 없고 긴 것도 없다고 말하는 돌
푸를 청 푸른 돌, 누를 황 낙엽 돌
부처의 밥그릇이 된 돌이 있었소
꽃 핀 돌을 보았소?

돌꼴 열매를 보았소?
그 열매가 싹 틔운 돌숲을 보았소?
새벽이 오는데도
등불을 켰소
어디로 가오?
돌을 찾았소?
돌들의 마을에서
돌들이 물었소
돌, 돌들
당신도 보고 돌도 본 돌
돌들
꼬리 잘린 고양이
돌미나리를 먹는 고양이
그 고양이를 닮은 돌
옜다, 엿 먹어라
엿 먹는 돌
벼락 맞은 돌
푸른 잣나무 돌

바람과 풀꽃에게 연모를 바치는 돌이
있었다고 들었소
인형이 되었던 돌
석기시대를 추억하는 돌
북두칠성을 섬기는 돌
금명함을 찍어 첫인사를 나누는 돌
벙어리 돌이 있었지요
돌을 학대한 돌
돌에게 학대를 당한 돌
한방요법에 의지하는 돌
수술대에 올려진 돌
사이렌을 울리는 돌
미생물을 수하로 거느리는 돌
은하수와 영감통신(靈感通信)을 하는 돌
노숙자를 만들고
노숙자에게 은전을 베푸는 돌
영덕대게 껍질을 쓴 돌
공중부양(空中浮揚)을 하는 돌

제 몸을 여러 개로 쪼갠 뒤
그것을 모래라고 욕하는 돌
가슴이 까닭 없이 뛰는 돌이 있었소
광장이 싫은 돌이 있었소
지하철을 못 타는 돌이 있었소
자동차도 타지 못하는 돌이 있었다오
뱀들이 우글거리는 흙탕물 강에서
헤엄을 치는 꿈을 매일같이 꾼다고 괴로워하는 돌
일생 동안 취직을 하지 않았던 돌
식석종(食石種)이 좋아하는,
식암종(食岩種)이 좋아하는 돌
식사종(食砂種)이 무시하는 돌
문신이 새겨진 돌
문신을 새긴 돌
2백만 개의 돌들을 돌덩어리라고 하여 학살한 돌
'산 자여 답하라!' 외치는 돌
옥쇄(玉碎)하는 돌
시와 현실을 논의하는 돌

어디서 본 듯한 돌
옹춘마니 돌
시러베장단에 호박국을 끓여 먹는 돌
여
염
짬
돌하루방이 된 돌
돌격대가 된 돌
돌고래가 된 돌
빙하 아래 깔린 돌
목련 나무 아래에서 홀로 살며
제 무릎 아래 하얀 개미 알을 키우는 돌
방죽이 된 돌
정을 주고 아름다움을 받는 돌이 있었소
돌을 가졌소?
돌들의 마을에서
돌들이 물었소
꽃 핀 돌을 가졌소?

돌꽃 열매를 보았소?

그 열매가 싹 틔운 돌숲을 보았소?

돌, 돌들

집에도 있고

들에도 있고

달나라

별나라

길에도

불타는 산에도

뱀들의 틈서리에도

강가에도 있는, 도시에도 있는

무덤에도 있었지요

그러나 돌꽃은 가질 수 없소

돌꽃 열매는 찾을 수 없소

황혼이 오는데도

헤매지요

돌기와집에 살면서 처녀돌에게

돌뚜구편지도 써보았소

돌은 언제나 돌이라고 하고
돌은 언제나 나무라고 하고
돌은 언제나 고기라고 하고
연기라고 하고
돌을 보지 못했소
꽃돌은 있으나
돌꽃은 없구려
꽃 핀 돌은 없구려
돌은 돌을 가지지 않았소
돌덩이만 쥐고 있는 빈주먹이오
돌들의 마을에서
돌 찾는 돌을 돌이 물끄러미 보고 있소
돌 찾는 돌을 돌이 물끄러미 보지도 않소
돌도 없고
돌도 없소
돌도 어느새 돌이 되었구려
돌을 보았소?
돌을 보았소?

122

슬픈 맥주

갈기가 남루한
저 검은
말 한 마리
서녘 하늘 아래
고삐 매어 묶여 있네
엉덩짝에 살이 빠진
저 검은
말 한 마리
들판은 멀고
가을바람 흩날리네
서글픈 말안장이
닳고 닳아 해어졌다
너와 나는 내일도
가야 할 길이 있다

인간의 거리에는
저녁이 밀려오고
슬픈 맥주의
시간이 흐른다

적요한 목격담, '그렇게'의 세계

이 광 호

김명수 시인의 명징하고 절제된 언어들을 기억한다면, 그것은 두 가지 맥락에서 이해되어야 한다. 간명한 언어들은 삶을 둘러싼 상황과 무관하지 않으며, 언어의 문제는 결국 대상에 대한 시적 직관의 문제라는 것이다. "어떤 사물의 의미를 꿰뚫어 보고 이를 거기에 합당한 언어로 표현하는 데 뛰어나다. 그가 좀더 복합적인 사회 또는 정치 상황을 시에 담는 때에도 그의 직관은 어김없이 그 핵심을 꿰뚫는다"와 같은 김우창의 널리 알려진 평가는 그런 맥락에서 현재적이다. 김명수 시인의 새 시집에서, 절제된 언어를 통해 드러나는 시적 직관의 아름다움과 힘은 지난 시절의 시적 특장이 여전히 현재적임을 보여준다. 그런데 시인의 직관이 '보는 것'은 좀더 깊고 오래된 시간, 좀더 근원적인 시간이다.

124

허물 벗은 뱀이 허물 곁을 스쳐 갔다

허물 벗은 뱀에게는 허물이 없어졌다

허물을 벗고 나도 혀와 독이 남았다

허물 벗은 뱀에게 사족(蛇足)도 생겨났지

허물 벗은 뱀에게 허물이 소리쳤다

허물은 옛날의 뱀 껍질이었다

허물 벗은 사람이 사람 곁에 서 있다

이것은 우울한 내 목격담

우화 같은 이야기를 되뇌기 싫지만

또다시 되뇌는 내 목격담

수풀 속에 허물만 흐늘거렸다

—「우울한 목격담」 전문

　허물을 벗은 뱀이 자기의 허물 곁을 스쳐 지나가는 장면
은 간명하게 묘사된다. 흥미로운 것은 '뱀'과 '허물'을 대
등한 존재로 설정하고 있는 점이다. "허물은 옛날의 뱀 껍
질"이지만, "허물 벗은 뱀에게 허물이 소리쳤다". '허물'은
'뱀'이라는 주체에 의해 버려진 대상화된 사물이 아니라,
또 다른 주체며, 그것을 '허물의 존재론'이라고 해도 될 것
이다. 1연이 하나의 우화라면, 2연은 우화에 대한 메타적
인 진술이다. 우선 그 우화가 현실의 세계에서 목격된 사

건이라는 점이 밝혀진다. 현실이 우화를 닮았다면, 그 현실은 우화를 통해 표현될 수 있다. 문제는 '우화—현실'에 대한 시적 수체의 특이한 태도다. 시적 주체는 1연의 우화가 자신이 겪은 실제의 목격담이라고 밝히지만, 그 목격담은 '우울한' 목격담이다. 왜 목격담은 우울한가? 현실이 우화와 닮았다는 것은 '되뇌기 싫은' 사태다. 그 현실은 새롭고 아름다운 장면은 아닐 것이다. 우울함은 '우화 같은 현실'이라는 문제와, 그것을 다시 되뇌는 자신의 언어에 관련된 문제라는 두 겹의 차원을 포함한다. 이럴 때 시인의 언어는 목격담이되, 그 목격담의 언어 자체에 대한 깊은 자의식이 함께 작동하는 세계라고 할 수 있다.

눈에 회백 내려앉은
눈굽 아래 두 줄
절은 듯
적갈색, 눈곱 눈물줄기 혼적

본래 흰빛일
때에 절은 털빛은 희읍스레한데
파리하고 여윈 그 개
지나치는 나를 보고
꼬리를 사린다

돌아와 불 끈 잠자리에서

응달에 묶여 있는

그 개와 더불어

결핍과 격리 속

또 다른 생명들

영어(囹圄)의 생명들도

우수(憂愁)의 그림자를

겹쳐 보인다

                                    ——「우수」 부분

　시적 주체가 '본다'는 것은 시각적인 문제만은 아니다. '본다'는 것은 특정한 시간과 공간 속에 놓인 대상의 감추어진 세계를, 그러니까 한 번도 관념과 언어로 표현된 적이 없는 부분을 본다는 것이다. '우수'는 계절의 한 단위이고 시간적인 개념이다. 시는 그 절기 안에 특정한 공간과 대상을 새겨 넣는다. '골목 안, 야트막한 북향집, 응달진 마당 구석' 같은 구체적인 공간이 있다면, "수척한 개 한 마리"라는 특정한 대상이 있다. 겨우내 묶여 있던 수척한 개 한 마리의, "눈굽 아래 두 줄" "적갈색, 눈곱 눈물줄기 흔적"과 "때에 절은 털빛"을 본다. 1인칭 화자가 그 개를 보지만 "파리하고 여윈 그 개/지나치는 나를 보고/꼬리를 사린다". 개와 '나'는 그렇게 마주친 것이다. '나'와 개는 단순히 주체와 대상의 관계가 아니라, '우수'라는 계절 안에 속해 있는 존재들의 마주침이다.

　시의 마지막 연에 이르면, 그 개는 '나'의 잠자리까지 따라와 있다. 불 끈 잠자리에서 본 것은 파리하고 여읜 그 개이며, "그 개와 더불어/결핍과 격리 속/또 다른 생명들/영어(囹圄)의 생명들"이다. 특정한 개와의 마주침은 하나의 개가 아니라, 갇혀 있고 고통받는 모든 생명에 대한 마주침으로 확대된다. 그때, 우수(雨水)라는 절기는 우수(憂愁)라는 정서적 상태와 '겹쳐' 보이게 된다. 이 '겹쳐 보임'은 '우수'라는 일반적인 절기의 이름을 특정한 생명체의 상황으로 집중하게 만드는 도입부에서 이미 시작된 것이라고 할 수 있다. 파리하고 여읜 개가 '나'를 보는 또 다른 주체가 된 것처럼, "영어(囹圄)의 생명들도/우수(憂愁)의 그림자를 겹쳐 보"이는 또 다른 주체로 등장하는 것은 우연이 아닐 것이다. 겨울이 지나가고 봄이 시작되는 시점을 갇힌 생명들의 슬프고 고통스러운 상황과 '겹쳐 보이게' 하는 힘은, 시적 주체가 '본다'는 것의 의미를 재인식하게 만든다. 익숙한 세상이 하나의 존재로 축약되고 다시 그 존재로부터 더 많은 존재로 확장되는 '겹쳐 보임'의 세계.

　　입 없는 항문 보고 놀라 입을 벌리고

　　항문 없는 입 보고 입을 다문다
　　　　　　　　　　　　　　　　　　　——「나안(裸眼)」 전문

'나안(裸眼)'이란 안경을 쓰지 않고 사물을 보는 것을 의미한다. 시력에 장애가 있는 사람에게 '나안'으로 사물을 보는 것은 불편한 체험이다. 사물이 선명하게 보이지 않을 것이기 때문이다. "입 없는 항문"과 "항문 없는 입"은 그 나안의 시선이 마주하는 특정한 대상일 것이다. 그 대상이 무엇인지는 이토록 간명한 시에서 밝혀낼 수 없다. 다만 이렇게 말할 수는 있다. "입 없는 항문"이든 "항문 없는 입"이든, 그것은 '놀람'을 유발하는 특이한 존재의 양태이고, 그런 놀람을 가져오게 만드는 것은 바로 '나안'이라는 시선의 조건과 상황 때문이다. 그러니까 '나안'이란, 대상을 일반적인 시선이 아닌 다른 시선으로 보게 되는 상황이며, 어쩌면 이것은 시적 주체가 '본다'는 것에 대한 또 다른 은유로 받아들일 수 있다.

　　많은 사람들이 사막을 보았다

　　사막이, 사막을 보지 못한 나를 보고 있다

　　사막을 보지 못한 나도, 사막을 보고 있다

　　사막 위에 보랏빛 도라지꽃이 피어난다

사막의 모래 위에 하얀 새알 하나도 보인다

　　　　　　　　　　　　　　　　　──「편지」전문

　그럼 또 '사막을 본다'는 것은 무엇인가? 이 독특한 시
에서, "사막을 보지 못한 나"는 일반적인 서정시에서 만나
기 힘든 익명적인 존재이다. '나'의 인격적·정서적 동일성
을 이 시에서 확인하는 것은 거의 불가능하다. 그런데 "사
막을 보지 못한 나"가 이 시에서 보는 사막과 그 사막 위
의 "보랏빛 도라지꽃"과 "하얀 새알 하나"는 또 무엇인가?
물론 하나의 암시가 있다. 이 시의 제목이 '편지'이기 때문
에, 이 시는 누군가의 편지에 대한 글쓰기이거나, 이 시
자체가 하나의 편지일 수 있다. 그렇게 본다면, 그 누군가
는 아마도 사막에 대한 편지를 보내거나, 그 안에 사막을
묘사하거나, 사막의 사진을 동봉할 수도 있다. 하지만 이
런 모든 추측들보다 중요한 것은 결국 '본다'는 행위 자체
이고, 그 행위 자체에 집중할 때, "사막을 보지 못한 나"
가 보는 사막은 '다른 시선'으로 만나는 사막이다. 이때
'나'는 사막의 실재에 대한 전지적인 시점을 가진 사람이
아니라, 다만 사막과 마주친 존재, 사막의 극히 일부를 만
난 존재다. 그럴 때 시의 언어는 사막에 대한 정보를 친절
하게 제공해주지도 않으면서, 어떤 사막의 숨겨진 실재를
둘러싼 시적 경험을 선물한다.

달려 있는 열매와 떨어진 낙과 사이
무심(無心) 흐른다
가지와 바닥 사이
머무는 평정

열매들은 모두에게 한 번의 일생

시간과 자연은 무방하다지만
바람은 이따금씩 태풍이 되고
푸른빛에 붉은빛이 희미하게 지나갔다
아직 못다 익은 과피의 흔적

낙과는 떨어져도
나무 아래 떨어진다

비바람 흔적 찾을 길 없다
낙과가 스스로 비바람이거늘

—「낙과」 전문

시적 주체가 마주친 것이 사막의 이미지가 아니라, 떨
어진 열매라고 해보자. "달려 있는 열매와 떨어진 낙과 사
이"에서 본 것은 '무심'과 '평정'이다. '무심'과 '평정'이라
는 단어는 추상적인 것이므로, 그 추상성은 만질 수 없는

질감을 가진다. 그런데 이다음에 던져야 하는 질문은 그 '무심'과 '평정'이 누구의 것인가 하는 점이다. 그런 정서적인 양태는 시적 주체가 대상을 보는 태도의 문제일 수 있으며, 열매와 낙과 사이의 시공간에 대한 직관적 해석의 지점이다. 그것들은 '시간과 자연' 사이의 관계에 대한 어떤 발견의 지점이기도 하다. "떨어져도/나무 아래 떨어"지는 낙과는 나무의 시간과 무관할 수 없으며, 바람과 태풍의 시간을 통과한 낙과는 시간의 흔적이 아니라 다만 시간 자체다. 그렇게 직관할 때, '무심'과 '평정'은 바람의 시간 뒤에 오는 고요한 시간의 이름이면서, 스스로 비바람이 되어버린 '낙과'의 이름이다. 이 시의 시적 주체가 '낙과'라는 대상을 본다는 것은, 그것이 보유한 시간성을 본다는 것이며, 서로 연결되어 있는 존재들을 함께 본다는 것이다. 이 시의 표제작에 대해서도 그렇게 말할 수 있게 되었다.

갈고 갈아서 갸름한 곡선
맑고 맑아서 어리는 속살
금관은 아니지만
금관의 한 일부
저마다의 별들은
밤하늘 아니지만
밤하늘에 별들 있어
반짝이듯이

찬란함은 아니지만

찬란함의 한 일부

찬란함에 깃든

별들의 적요

영락에 스미는 무언의 환유

존재와 부재의 그 외로움

네 가슴에 어려오는

고요한 슬픔

———「곡옥」 전문

    유물들에서 발견되는 장식용 구슬을 지칭하는 '곡옥'은 그 독특한 모양 때문에 고유성을 갖고 있다. 쉼표나 물고기처럼 보이는 형태는 동물의 이빨 모양을 본떴다고 하나, 그 곡선의 오묘함을 가늠하기가 어렵다. 금관에 달려 있는 곡옥은 물론 금관을 장식하기 위한 것이고, 금관의 찬란함을 더해주는 장식품이라고 할 수 있다. 이 시에서 그 곡옥의 특이성에 대해 집중하는 첫번째 국면은 그것이 금관의 전체 형태 중에서 일부에 지나지 않는다는 점이다. 금관 전체의 찬란함에 비추어 보면 곡옥의 장식은 부분적인 것이라고 할 수 있다. 하지만 이 시의 진술은 "찬란함의 한 일부"에 더 깊은 관심을 가진다. 찬란함의 중심도 찬란함의 전체도 아니지만, 그 찬란함의 일부로서의 내밀한 가치를 갖는 것. 별들이 밤하늘의 일부이지만, 별들이 있어 밤하늘이 반짝이는 것이라면, 곡옥 역시 그러한 존재다. 그런데 그 곡옥의 특성으로부터 이 시는 '적요' '무언' '존재와 부재의 그리움' '고요한 슬픔' 같은 정서적 자질들을 호명하게 된다. 곡옥이 이런 정서적 자질을 불러들이는 것을 "무언의 환유"라고 했을 때, 시집의 표제작이며 첫번째 수록된 이 시는 일종의 '서시'와 '시론'의 성격을 가진다고 할 수 있다. 이때 '무언의 환유'로서의 시란 형언할 수 없는 것, 형언되지 않았던 어떤 것을 시적으로 번역하려는 것이며, 이때 구체는 추상으로, 부분은 전체로 혹은 그 역으로 변환될 수 있다.

　　피어나는 꽃들이, 꽃들의 향기가
　　축생이 되었다

　　내게 봄이 있었으니, 그 봄날도 봄볕도
　　축생이 되었다

　　어머니가 내게 말씀하셨다
　　너는 5월에 소로 화했다

　　네가 남긴 따스한 음성
　　따사로운 감정도 피어나는 꽃이다

5월에 나는 소로 변했다

꽃들과 향기가 땅에 묻혔다

———「축생」 전문

그 변환의 가장 극적인 사례로 이 시를 말해보면 어떨
까? "피어나는 꽃들이, 꽃들의 향기가" 혹은 "봄날도 봄
볕도" 혹은 "나"도, '축생'이 되는 것은 일종의 시적인 사
건이다. 꽃과 봄날과 인간이 축생보다 못한 존재가 아니라
는 일반적인 관념에 비추어 본다면, 이 사건은 퇴행적인
것이라고 할 수 있다. 하지만 시적인 맥락에서 이 창조적
인 역행은 5월이라는 계절에 일어날 수 있는 가장 아름다
운 사건의 하나다. 5월이라는 시간대, 모든 것들이 피어나
는 시간대에 어머니와 '너'의 음성은 '나'를 소로 변하게 만
든다. '소'로 변하는 사건은 "내게 봄이 있었으니" "따사로
운 감정도 피어나는 꽃이다"와 같은 표현에서 드러나는 것
처럼, 어떤 잠재성이 실현되는 일이다. 그럴 때 꽃과 '나'
와 '너의 음성'과 축생은 5월의 봄날이라는 시간대 위에서
서로가 서로에게 잠재적 가능성이 되어준다. 서열화된 질
서가 아니라, 창조적 무질서를 통해 드러나는 카니발적인
시간, 그것이 이 시가 생성한 시적이고 축제적인 시간대
이다.

내 뼈에서 날아가는 것일까?

어디로 무엇이 날아가는 것일까?

새이리라
난 그걸 새라고 믿는다

한밤중 잠이 들 때
어렴풋이 들리는 소리
난 그걸 뼈새라고 생각했다

내가 내 뼈를 볼 수 없듯
고단한 내 뼈를
내 몸에 숨은 뼈를 볼 수 없듯

밤에 우는
보이지 않는 저 새를
뼈새라고 믿는다

——「뼈새」 부분

　몸속의 뼈의 소리를 듣는 사람이 있다. 그 소리는 처음
에는 "열린 문이 바람에/삐거덕거리는" 소리로 들리다가,
"내 뼈마디 소리"로 들리기도 한다. 그것이 "무엇이 분명
히 날아가는 소리"라고 확신하는 순간, 그것은 "뼈새"라는
이름을 얻게 된다. '뼈새'는 '내 몸' 안의 어떤 잠재된 가능

성이 외부로 드러나는 것이고, 그것은 보이지는 않지만 소리로서 감지할 수 있는 것이다. '나'는 "내 몸에 숨은 뼈를 볼 수 없"기 때문에 "보이지 않는 저 새를/뼈새라고 믿는다". 볼 수 없는 '내 몸'속의 잠재된 무언가를 직관하게 되는 것은 소리의 감각을 통해서이고, 그 감각은 전혀 예상하지 않았던 돌발적인 존재로서의 '뼈새'라는 이름을 마주하게 만든다. '뼈새'라는 기이한 존재의 탄생은, 보이지 않는 '내 몸'을 감각하고 그것으로부터 다른 존재의 가능성을 발견하는 것이다. 그 발견이 "내 몸을 몹시/혹사한 날" 이루어진다는 것은, 탈 난 몸의 상황이 발견의 가능성을 불러온다는 것을 암시한다. 이 지점까지 오게 되면, 대상을 직관하는 시적 주체는 자기 존재로부터 다른 존재의 가능성을 발견하는 무의식적 존재 생성의 주체가 된다. 시인의 임무가 이름 붙일 수 없는 것들에게 다른 이름을 부여하는 것이라면, 자기 몸에서 '뼈새'의 소리를 듣는 것은, 현재 속에 잠재되어 있지만 인식되지 못했던 존재를 호명하는 것이다.

가을은 또한 전부여서
가을은 저녁이고
가을은 한낮이고
아침이어서
미래는 오늘이요

오늘은 내일이다

그 어느 길이 밝아졌느냐?

길섶에 피어 있는 밝은 꽃들은
멀고도 가까이 한결같아서
밝고, 밝히고, 갖추고, 깨끗하여
멀고 가까운 곳 매양 한가지

그림자조차 없을 네 그림자
빛과 세월에 함께 어렸다

　　　　　　　　　　—「묘지에서」 부분

　김명수 시의 직관의 힘이 '본다'는 것의 의미와 연관되
어 있다면, 그 '본다'는 것은 가시적이지 않았던 것을 가시
적으로 만드는 것, 형언할 수 없는 것을 형언하는 것, 혹
은 그 '봄'으로부터 다른 존재의 가능성을 발견하는 것이
다. 시가 일종의 목격담이라면, 그 목격담은 잠재된 것들
을 드러내는 경이로움으로부터 적막하고 고요한 시간으로
진입하는 적요한 목격담이라 할 수 있겠다.
　이 시에서 가을날의 묘지에서 '보는' 것은, 그것들이 환
기시키는 일반적인 소멸과 우울의 정서와는 전혀 다른, 어
떤 경계 없는 '밝음'의 세계이다. 그 세계에서 가을은 저녁

이고 한낮이고 아침이며, "미래는 오늘이요/오늘은 내일이다". 그 세계에서 시간의 경계는 무의미하며, 멀고 가까운 것의 경계 역시 마찬가지다. 완전한 밝음 속에서 시간의 경계와 거리의 경계가 무화되는 세계, "그림자조차 없을 네 그림자"의 세계이다. 삶과 죽음, 빛과 그림자의 경계조차 사라지는 세계를 한계 지을 수 없는 세계로서의 '무한'이라고 해보자.

> 꽃은 여러 송이이면서도 한 송이
> 한 송이이면서도 여러 송이
> 나무도 여러 그루이면서도 한 그루
> 한 그루이면서도 여러 그루
> 내가 너에게 다가가는 모습
> 한결같이
> 네가 나에게 다가오는 모습
> 한결같이
> 향기와 푸름과
> 영원함은 그렇게
>
> ──「그렇게」 부분

한 송이가 여러 송이이고, 한 그루가 여러 그루인 세계에서, "내가 너에게 다가가는 모습"과 "네가 나에게 다가오는 모습"은 한결같다. 부분과 전체, '나'와 '너'의 구분은 이제 사라지려 한다. '그렇게'라는 '부사'의 세계는 텅 비어 있지만, 한계 지을 수 없는 세계의 가능성을 보여준다는 의미에서 그것은 무한의 시공간을 열어준다. '무한'이란 규정될 수 없고, 사유와 인식의 범주를 넘어서기 때문에, 비가시적인 세계이다. 시란 규정할 수 없는 시간으로 나아가는 힘, 무한을 더듬는 언어다. '영원'을 말해야 한다면, 바로 이런 세계, '그렇게'의 세계일 것이다. ▨